바람에 묻다

바람에 묻다

김명수 시집

인쇄일 | 2024년 11월 05일
발행일 | 2024년 11월 11일

지은이 | 김명수
펴낸이 | 김영빈
펴낸곳 | 도서출판 시아북(詩芽Book)

출판등록 | 2018년 3월 30일
주소 | 대전광역시 동구 선화로214번길 21(3F)
전화 | (042) 254-9966
팩스 | (042) 221-3545
E-mail | siab9966@daum.net

값 12,000원

ISBN 979-11-94392-10-1(03810)

* 이 책은 2024년도 🌼충청남도, 🏛충남문화관광재단 의 창작지원금을
지원받아 제작되었습니다.

바람에 묻다

김명수 시집

머리글

늘 좋은 시詩 한 편이 내게 왔으면 한다
그런데 그게 쉽게 되지 않는다
아침에 눈을 뜨고 잘 때까지
온통 시詩 속에 있어도
맘에 드는 시詩가 잘 오지 않는다

그래도 나는 매일 매일 계속 시詩를 쓴다
일하고 시詩 쓰고, 시詩 쓰고 일하고
열심히 하다 보면 좋은 시詩 한 편
올 것이라고 믿기 때문이다
시詩가 내 친구이고 시詩가 내 애인이기 때문이다

이 시집은 2016년을 중심으로 2019년까지
쓴 시詩 중에서 엮었다. 벌써 했어야 했는데
왜 게으름을 폈는지 나도 모른다

시詩 속에는 내가 좋아하는 사람과 산과 들, 호수
주로 자연과 사람 사는 이야기들이다

지금까지 그래왔듯이
오늘도 시詩에 대해 나 혼자 짝사랑을 하면서
이 공간에서 대화하고 이야기를 나눈다
끝없는 자기 성찰과 노력을 계속할 것이다
그리고 부족하지만 세상에 내놓기로 했다
바쁘신데도 평설을 써 주신 구재기 시인에게 감사드린다.

2024년 11월

김명수

3부
다시 봄이 오면

4부

모시올 사랑

1부

목련이 피면

목련

순백의 화사함이
새봄을 수 놓는다
꽃잎 속에 숨겨둔
봄날의 설레임
누구의 심장을 뛰게 만드나

춥고 외롭고 아팠던 기억
눈물은 얼마나 옹이롭고 아름다운가
기다림은 얼마나 설레였던가
활짝 핀 꽃잎 속에 숨은 얼굴
그는 사랑하는 사람, 사랑받는 사람

꽃잎 같은 하얀 추억을 기억하는가
사월의 햇살과 만나면
심장이 다시 뛴다
그 고운 모습 안겨 주려는
순박한 미소

보고 싶다 지금도

(2016. 04. 05.)

별

자작나무 숲에서 보는 별들은
자작나무 높이만큼 떠 있다
은하의 세계에서
금방이라도 쏟아질 듯하더니
펄럭이는 나뭇잎 사이
살포시 내려앉는다

팔을 뻗으면
손끝이 별에 닿을 것만 같다
나도 모르게 숲속에서
하늘로 솟는다
나는 자작나무 가지 사이로
팔을 쑥 뽑아 올려
별 하나를 만져 본다

(2015. 05. 10.)

초록 숲에서

오월이 되면
온통 초록빛 산이
내 가슴으로 한꺼번에 몰려 온다
나는 크게 심호흡을 하고
초록에 숨어 있는 향기
초록에 녹아 있는 햇살
초록에 기생하는 세포들을
모두 안아주고 싶다
그들은 세월에 주눅 든 나를
힘차게 초록 숲으로 안내 한다

초록 숲에서는
새로운 활력들이 넘치고
잊혀진 꿈을 일으켜 세운다
생명의 존엄함과
아름다운 일상이 넘나 든다
그래서 밤과 낮을 가리지 않고
모두 열심히 일하고
새로운 성을 쌓아 간다
초록의 신비함이 가득한

초여름 입구에서
나도 초록에 물든다

(2016. 05. 07.)

봄

봄이 오네요
분홍빛 설레임을 안고
가슴에 안기는 보드라운 숨결
저 산 힘겹게 넘어 오실까
저 들판 살갑게 건너 오실까

얼마나 많은 초록을 안고
얼마나 고운 꽃잎을 안고
지금은 어디쯤 오셨을까
빨주노초파남보로
온 산과 들을 물들이고
님의 빛깔
님의 체온을 안고
해마다 그 산을 넘어
해마다 그 바다를 건너
버선발로 오시려나
맨발로 달려 오실까

오늘 밤 저 달빛을 안고
반짝이는 별빛까지

조심조심

(2017. 04. 03.)

독작 獨酌

햇살이 꽃잎 위에
내려앉으면
막걸리에 봄빛을 섞어
술 한 잔 한다

사랑한다, 그립다
고맙다, 반갑다
그리고 많이 기다렸다
답례품 같은 언어들이
술잔 위에 물결처럼 여울져 온다

봄을 기다렸다
인내심을 가지고
새로운 출발을 예고하며
술잔 위에 꽃잎 하나 띄운다

바람이 심술을 부린다
잠시 꽃잎이 흔들린다
그래도 햇살은 술잔 위에서
사랑의 온도를 올린다

봄날에만 볼 수 있는
햇살과 바람의
사랑 싸움이다

(2016. 04. 09.)

고독

산길에서 만났다
아주 작고 이름 모를 풀꽃들
누군가를 기다리고 있었을가
봐주는 사람도 없는데

꽃잎 위에 꽃주름
꽃주름 속에 살가운 햇살
오늘은 바람이 쉬었다 가나 봐
꽃잎에 숨은 작은 떨림

나도 이름모를 풀꽃들처럼
산길에 서 있다면
누가 봐 불까
바람과 햇살이 안겨 주겠지

웃자란 나무들이 많아
하루 종일 전지를 했다
잘려 나가는 생가지들이
아프다고 하는 것 같다

내가 왜 이럴까
죄 없는 애들을 잘라내며
알량한 내 욕심을 미워한다
나무들에게는 한없이 미안했다

바람에 묻다
- 자유라는 이름으로

그래 세상을 한 바퀴 돌다 오니
속이 시원하더냐
보고 싶은 것 다 보고
먹고 싶은 것 다 먹고
하고 싶은 것 다 해 보니
이제 가슴이 뿌듯하더냐

아직도 가고 싶은 곳이 남아 있구나
아직도 먹고 싶은 것이 많이 남아 있고
아직도 하고 싶은 일이 남아 있구나

그래 너는 참 자유로움의 대명싸
하늘과 바다
산과 들
골목과 방안 깊숙이까지
마음대로 드나들 수 있는
영원한 마술사
오늘따라 너의 자유로움이 부럽구나
신들린 너의 몸이 신비롭구나
손에 쥘 수도 없고

눈에 보이지도 않는 네가

온 우주를 헤짚고

아름다운 세계를 찾아 가는구나

촌놈 일기

촌놈일 때가 그립다
세상 물정 모르고
김옥균의 삼일 도피처
청풍정에서 일출을 보고
석호재에서 일몰도 본다

휴대폰도 잘 안 터지고
흔한 마을버스도 다니지 않는
오지 중의 오지 마을
상큼한 공기와 친구하고
손님처럼 다가오는
새소리 물소리 바람 소리
햇빛이 내려앉고
달빛이 물장구 친다

하늘로 소풍 간 그 사람은
아직도 소식이 없다
슬픔의 강을 사이에 두고
오늘도 솔숲에 앉아
하늘을 본다

파랗던 하늘이
황금빛 노을이 되고
다음엔 별들이 반짝여 준다
그중에 하나 그 사람
가장 밝은 별, 이쁜 별 사랑스런 별
가슴 설레는 별빛을 안고
나도 은하수를 건넌다
저만치 숨 가쁘게 달려오는
반짝이는 별 하나
가슴에 안긴다

(2016. 06. 27.)

속삭임

솔잎과 달빛의 속삭임을 들었니?
솔숲에 바람이 숨는 소리도 들었니?
햇살과 꽃잎의 속삭임
바람과 풀꽃의 귓속말
모두 자기들끼리 속삭이고 있다

숲속에 가면 들린다
그들만의 속삭임
가만히 귀대고 들어 보면
바람과 햇살의 다정한 목소리
꽃잎과 풀잎의 살가운 귓속말까지

겨우내 숨었던 꽃씨가 세상에 나오고
철없는 꽃들은 신이 나서
바람을 부르고
햇살을 모으고
향기를 내뿜고
어쩔 줄 모르고 서성인다

숲에 가면 보인다
숨었던 꽃씨들이 터지는 소리
숨겨온 꽃잎이 열리는 소리
그들만의 숲에 가득한
세상 이야기
그들만의 향기에 취한다

(2016. 07. 03.)

흐린 여름날의 풍경

산머리를 돌아온 바람을 마신다
바람은 가슴 깊숙이 들어앉은
내 찌든 마음을 씻어 준다

저만치 산 중턱을 휘감고 있는
물안개의 요염함
호수엔 하얀 물꽃이 피어오르고
밤새운 낚시꾼들의 헛기침 소리
기운찬 잉어의 물차는 소리
새벽을 깨는 새들의 인사말
조요롭게 찰랑이는
호수의 물살이 여울져 오는 소리
나뭇잎 풀잎 크는 소리까지
모두 어우러져 몰려오는 대청호의 아침
나는 그 모든 것을 사랑한다

오늘 같은 흐린 여름날의 아침
대청호 청풍정에 오면
호수 주변에 사는
그들의 은밀한 사생활들이

또 하나의 아름다운 그림이 된다

(2016. 07. 10.)

고요

자작나무 숲에
고요가 내려앉는다
햇살과 나뭇잎의 속삭임도 들리고
새들의 숨소리까지

나뭇잎 뒤에 숨어 잠든
풀벌레가 뒤척이는 소리
귀뚜라미와 풀 여치도
깊은 잠에 취해 있다

자작나무 숲에서
싱그러움을 마신다
그 위에 쏟아지는
별빛 달빛
고요가 수놓은
아름다운 그림 한 장
깊고 깊은 밤
고독의 심장이 멎은 곳
그래서 더 눈물 나는 곳
나도 모르게 잠이 든다

(2016. 06. 28.)

소쩍새 2

시 한 편 붙들고
밤을 새운다
복분자 한 잔
다시 또 한잔했더니
한 줄의 싯 귀가
천장을 빙글빙글 돌고 있다

소쩍새는 눈치도 없이
시의 행간 속에서 울어 대고
점점 몽롱해지는
내 의식의 숲

나도 소쩍새가 되고 싶다
그 시간이 되면 그리워
소쩍소쩍 하고 울어 대는 새
오늘은 소쩍새의 울음이
시 한 편을 낳았다

(2017. 06. 05)

별을 보다

별을 보며 말 합니다
나를 보고 있지?
하고 싶은 말 없어?
손녀 손주가 당신을 찾아
할머니별 어디 있어?
별에는 당신 쉴 방이 있나요?
꽃이 보이고
바람이 잘 통하고
우리 둘이 알콩달콩 살아갈
그런 곳도 있나요?

지금 이 순간도
별나라에 있는
당신을 사랑 합니다
잠시 소풍 간 거지요?
아니면 나비가 되고
때로는 새가 되어
잠시 다녀 가신다구요?

약속이나 한 듯
오늘은 아침부터 솔밭에서
새들의 소리가 요란하다
막 피어나는 라일락 향기에
나비 한 마리 취해 있다

별이 잠시 내려와
마술을 부리고 있는 거다

(2016. 07. 10)

진달래꽃으로

진달래꽃이
흐드러지게 핀 작은 언덕에서
당신의 모습을 보았습니다

지난번 찍어 둔
한 장의 사진 속에
하얀 이를 드러내놓고
미소 짓고 있는 그 모습
봄은 그렇게 찾아 왔어요

진달래 꽃잎 위에
햇살처럼 내려앉고
하얀 목련 위에
손님처럼 다소곳이 있더니
홀연 바람처럼 가시네요

하늘과 땅이 내려앉는 듯
절망의 늪 속으로 빠지고
깊고 깊은 어둠 속에서
눈물만 가득했지요

다시 찾아온 봄날
당신은 그 자리에
진달래꽃으로 오셨네요

(2017. 05. 23)

호숫가에서

호숫가에 있으면
온 산을 포옹하고 있는
아름다운 모습을 본다
호수 깊숙이 삽입된 산들은
오랜 시간이 지나도
벗어날 줄을 모른다
호수도 그들을 놓아주지 않는다

시샘을 하는지
어느새 하늘도 내려앉는다
구름도 함께
그들은 호수에서
자유롭게 오고 간다
호수는 그들의 또 다른 세상이다

가끔씩 비와 바람과 눈보라가
훼방을 놓아도
산과 호수는
언제 그랬느냐는 듯
초연한 모습으로

오랫동안 물속에서 껴안고
여유로운 미소를 보내고 있다

(2016. 07. 10.)

7월의 시

짙은 초록의 숲에서
햇살은 아름답다
나뭇잎과 무성한 가지들
넓은 연잎 위에 뒹구는 물방울까지
왕성한 생명력으로
수많은 열매들이 익어 간다

풀잎들은
꽃잎들은
색깔들이 더욱 짙어지고
나뭇가지의 팔뚝에
불끈 힘을 모은다
모두 아프지 마라
그리고 병들지 마라
잠시 비바람이 몰아쳐도
버텨라 견디고 힘내라
폭염이 시작되는 이 계절이 지나면
탐스런 열매들이 기다리고 있을지니
우리 모두 살아 있음에 감사하자
새날에 대한 약속도

빛나는 오늘에 대해서도
모두 모두 감사하자

(2016. 07. 15.)

비가 오다

몇 날 며칠 몇 달씩
가물던 하늘에서
비님이 오십니다
마늘밭에 생기가 돌고
고스라진 감자 줄기가
살아 꿈틀 거립니다

그들에겐
삶의 생명줄이요
희망입니다
당신의 향기를 보내 주심은
오늘 내린 비처럼
나에게도 희망을 줍니다

(2016. 07. 01.)

우산을 들고

비가 내립니다
빗속에 서 있는
당신을 만났습니다
우산을 들고
당신 곁에 섭니다
그리움 속에
당신이 있습니다
진달래꽃 흐드러지던 봄날
꽃잎에 누워 있는
당신을 만났습니다
해질녘 노을에 물든
서녘 하늘을
유난히 사랑했지요
망초꽃 찔레꽃 엉겅퀴 등
이 땅의 조선 꽃들이 일어납니다
어쩌면 숲속에서
천천히 걸어 나올 것 같습니다
천사처럼 미소를 머금고
언제나 내 곁에 서 계십니다
우산을 쓰고

(2016. 07. 21.)

흔적

비에 젖은 달팽이가
진흙 사이를 비집고 간다
가늘게 남긴 두 줄의 흔적
그 옆에 자줏빛 제비꽃이 피어 있다

내가 살아 온 지난 시간들
나는 무엇을 남길 수 있을까
어느 날 홀연
나뭇가지를 흔들며 휙 날아간
사랑을 그려 본다
그리고 당신이 남긴
햇솜 같은 마음을 안아 본다

하늘로 소풍 간
그 세계는 무슨 색일까
하얀색, 분홍색, 초록빛
그곳엔 무엇이 있을까
오늘도 호숫가를 거닐며

제비꽃 한 무리 속에 숨은
그리운 얼굴을 찾는다

(2016. 07. 02.)

석호리 7

대청호에서 단 하나
해가 뜨고 지는 모습이
한꺼번에 보이는 집

그 집에 당신이 계십니다
왼 종일 햇살이 찾아옵니다

(2016. 07. 25)

2부

금낭화 일기

금낭화

장마 통에 용케도 살아났어라
가는 줄기에 꽃 등불을 켜고
그 작은 미소와
앙증스런 잎
반갑고 기쁜 모습이 주렁주렁
지나는 사람들도 예쁘다 한다
새들도 바람도 햇살도
지금 내리는 장맛비까지
그 한 줄기에 송 송송 맺힌 꽃등
볼수록 사랑스런
우리나라 풀꽃
바람에 날아갈까 봐
사랑스런 눈빛으로 지켜본다
고운 꽃등

한 송이 두 송이 나란히 불 밝히고 있는
애기 사과나무 같은 붉은 꽃
금낭화 몇 송이

한 송이 두 송이 세 송이
세상이란 숲을 아름답게 그리네요

(2016. 07. 02.)

바람을 만지다

숲에 가면 바람을 만질 수 있다
나무 사이를 빠져나온 바람이
볼을 스치고
가슴을 시원하게 한다
가만히 손을 폈다 오므리면
보드라운 바람이 한 줌 잡힌다

겉으론 보이지 않으면서
어느새 내 몸 깊숙이 들어와
오랜 세월 쌓여 있던 오물을 씻어 낸다
오늘은 내가 바람 속으로 들어가고 싶었는데
그가 내 몸속으로 들어와
나를 공중 부양시킨다

이게 사랑이야
나도 모르게 호강하고
기분은 하늘로 솟고
상큼해지는 순간들
그 사람의 영혼이 내게 온 것 같다
그런 냄새가 난다

말을 하지 않아도 안다
바람이 되어 잠시 온 거다

(2016. 07. 03.)

사랑의 기도

두 손을 모으고 기도했다
어둡고 힘든 터널을 지나
따스한 봄을 안겨주소서
가녀린 작은 가슴 안에 자리한
못된 괴물을 물러가게 하소서

북극의 빙하가 녹아내리듯
그리하여 가장 깨끗한 물 내리듯
그대에게 저 청량한 빛을
내려 주시옵소서

저 산봉우리 솟아오르는 해처럼
힘찬 용기를 주시옵소서
매서운 추위를 이겨낸
물푸레 나뭇가지 끝에
불그스레한 꽃봉오리를 열게 하듯
희망의 세포를 이양해 주시옵소서

이 세상 그 모든 것보다
가장 깊은 사랑의 선물로

그 나쁜 괴물을 물리쳐 주시옵소서
솔숲에 숨어 있는 마음의 향기를
저희들에게 내려 보내 주시옵소서
은혜로움을 주시옵소서
두 손 모아 기도합니다.

(2016. 04. 20.)

소원

벌써 몇 날 몇 달째 잠을 설친다
그래서 작은 소원이 하나가 생겼다
깊은 잠을 자 보는 거
의사는 내 말을 듣고
잠 오는 약 대신
머릿속의 잡념을 버리라는
처방을 내렸다

배낭을 메고 산으로 갔다
걸어서 또 걷고 걸어서
비탈길을 오르고 바위산도 넘고
온몸을 땀으로 적시고
정상을 향하여 걸었다,
한 발 두 발 바람 소리가 손을 내민다
새들이 응원을 하듯 노래하고
계곡의 물소리가 환영하는 듯했다

얼마를 걸었을까
무리를 했는가 보다
가랫대가 서는 것 같다

여기서 멈출 수는 없다
나무 지팡이를 짚고 올랐다
비로소 향기로운 냄새가 왔다
산꼭대기에 이르러 눈물이 났다
두 팔을 벌려 마음껏 공기를 안았다
멀리 수없이 펼쳐진 능선 위로
파란 하늘이 내게 오는 듯 했다
곱고 아름다운 새소리도 들린다

그날 밤 나는
깊은 잠 속에 빠질 수 있었다

찔레꽃

발걸음이 지날 때마다
찔레 향기가 난다
힘겨웠던 시간 위로
하얀 찔레꽃이 피고
아픈 시간 들이 지난 뒤
다시 찔레꽃이 피었다

눈물겨웠던
가슴 벅찼던
너무 힘겨웠던
그런 시간 들이
찔레꽃 속에 있다

이제 아픔을 치유하고
뜨거웠던 삶의 현장을 바라 본다

어머니는 평생을 찔레꽃으로 사셨다

(2016. 07. 07.)

본능

봄에 피는 모든 꽃들이
바람이 났습니다
제각기 갖고 있는 향기를
마음껏 뿜어냅니다

향기만 내는 줄 알았는데
이제는 바람에 날기도 합니다
수많은 꽃들이
모양을 뽐내다가
누군가의 가슴에
포근히 안깁니다

봄이 되면
아름답다고 뽐내면서
문을 활짝 열고
저만의 방식으로 유혹합니다
열흘도 못 가는 줄 알면서
세상을 다 가진 듯 으시댑니다

봄날에 만난 꽃들의 본능입니다

봄밤

유난히 별이 많이 쏟아지는 날이 있다
나는 손자 손녀의 손을 잡고
그 작은 손 가득
쏟아지는 별을 담는다

그래 너희들이 행복한 거야
마음껏 저 별을 담을 수 있으니
오래오래 너희들을 지켜 줄
할머니별이 있으니까

오늘 밤엔 또
얼마나 많은 별이 쏟아질까
바람이 별 소식을 전합니다
밤하늘이 맑을수록
수많은 별이 쏟아집니다
오늘 밤은 할머니별이
가장 크고 밝게 찾아옵니다

- 할아버지, 할머니별이 오셨어요
  가장 크고 빛나는 저 별이지요?

- 그래, 맞아, 밤마다 너희들을 보러
  저렇게 밝고 크게 반짝인단다

누군가 그렇게 말했다
사람이 죽으면 별이 되고 달이 되고
새가 되고 나비가 된다고

(2020. 05. 08.)

설사 詩人
- 공주의 나태주 시인께

설사 시인
서울에 사는 시인이
나태주 시인에게 붙여준 별명이다

- 그래 난 계속 설사할 거다
  운동선수가 운동장에 안 나가면
  운동선수가 아니듯이
  시인이 시를 쓰지 않으면
  그건 골동품이다
  설사하다 죽더라도
  시인은 시로 설사해야
  진정한 시인이다*

그래서 오늘 하룻밤 만에
또 한 권의 시집이 나왔습니다
설사 시인
나태주 시인은 숨도 안 쉬고 시를 씁니다
잠도 안 자고 시를 씁니다
누에고치처럼 씁니다
깊고 높고 넓고 좁고는

나도 모릅니다
작은 풀꽃에서 커다란 바윗돌까지
높은 하늘에서 깊은 바닷속까지
세상 모든 것들이
그의 시속에서 살아 갑니다
오늘도 설사 시인의 시가
독자들과 놀고 있습니다
많은 독자들과 즐거운 게임을 합니다
시인은 설사를 하고
독자들은 설사를 고칩니다
나 시인의 시는 보약입니다

(2017. 09. 17.)

* 설사시인이란 말을 듣고 나 시인이 한 말

나의 천사 나의 사랑

진달래꽃 무리 속에
살며시 앉아 미소를 지었는데
아이들 공책 검사 숙제 검사
꼭꼭 챙겨 주었는데
날마다 먹는 혈압약 두 종
빨강 하양 광고지에 꼭꼭 싸서
아침마다 먹으라고 주었는데
여름이면 내 좋아하는 보신탕
만나게 푹 삶아주었는데
아침마다 공복에
꿀 한 숟갈 냉수 한 잔
몸에 좋다고 주었는데
집안 일가친척 대소사
해마다 달력 속에 적어 놓고

날마다 교과서처럼 챙겨 주던
피가 되고 살이 되는 그 말씀들
아 보이지 않네, 오늘은
그 어느 봄이 다가오는 길목에서

하늘로 소풍 간
나의 천사 나의 사랑

(2017. 08. 01)

추억

해맑은 미소 하나
씨익 건네주면
모든 게 해결되었는데
손자 손녀 생일 선물
이리 보고 저리 보고
꼼꼼하게 챙겨 찾아갔는데
밤새워 동그랑땡 도너츠 만들고
하루 종일 햇쑥 뜯어
끓는 물에 살짝 데쳐
쑥개떡도 만들고
쑥 된장국도 끓이고
없는 살림 알뜰살뜰 꾸려가고

씀바귀 돈나물 돌미나리
냉잇국 속에 봄빛
가득 담아 주었는데
산수유꽃 노오란 꽃그늘 아래
당신이 즐겨 부르던 노래
함께 했는데

어느새 봄빛이 가네
산 너머로 가 버렸네

(2016. 07. 14.)

선비 시인
- 임강빈 시인 영전에

마지막 시집
바람, 만지작거리다*가
가슴에서 울린다
나뭇잎 하나*에서
안녕을 예고하고
작별*에서
이승을 떠남에 눈물 난다고 했다
열여섯 권의 시집을 상재하고도
부끄러움*이 가득하다
시인은 영원한 소년이다
얼마 남지 않은 시간을 예고하고
깡충깡충* 뛰고 싶다 했다
친구보다 오래 사는 것을
미안해하고
평생 시 쓰는 것에
희열을 느끼면서도 언제나
부끄러움이 가득하다 했다
아, 흐르는 세월을 어쩌랴
시간은 평생 시만을 사랑하는
깔끔한 선비 시인을 데려갔다

일찍이 고독을 사랑해서

칩거*한 시인

당신의 시가 예쁘지는 않지만

야코 죽지는 않는다며 나의 시에서

자부심 가득했던 선비 시인

늘 이 순간*을 예견했던

이 시대 진정한 시인

또 하나의 별이 되었다

(2016. 07. 16.)

* 「나뭇잎 하나」「작별」「나의 시」「부끄러움」「깡충깡충」「칩거」「이 순
  간」 등은 시집 『바람, 만지작거리다』에 나오는 시의 제목임

풀꽃이 되어

희고 작은 풀꽃이 되어
바람이 흔들리고 있으면
햇살 한 줌 내려와
친구가 된다

노랗고 작은 꽃잎들의
바람에 날리면
지나던 벌과 나비
꽃술 속에 취해 있다

잎이 지면 꽃씨로 여물어
날아갈 준비를 하고
바람과 비와 햇살 속에서
성숙 된 내 영혼들이
지나는 길손들에게
어떤 걸 줄 수 있을까

오늘도 나는 목마른 사람들에게
한 줄기 빛으로
다가설 수 있을까

오늘 밤은 별과
깊은 대화를 나눌 수 있을까

(2016. 07. 23.)

진료실 앞에서

걸핏하면 병원에 온다
나이 들어가면서
병원 출입이 잦다
목이 아프고 머리가 흔들리고
눈이 침침하고
팔다리도 쑤신다
어디 그뿐이랴
임플란트도 세 개나 했고
혈압약과 전립선 약도 먹는다
심장도 정기검진이고
이제는 이년에 한 번씩
대장과 위내시경 간 초음파
그야말로 종합검진에
날마다 종합병원을 이고 다닌다
약 먹고 주사 맞고

마음도 아프고
이제 가슴도 아프다
작은 외침에도 노여움이 커진다
오늘따라 진료실 앞에 서니

가슴이 쿵쾅거리고
조마조마해지고
한 없이 왜소해진다

(2016. 07. 23.)

자작나무 숲에서

오시느라 수고 했어요
자작나무 숲에서
말하는 소리가 들립니다
미스코리아처럼
늘씬늘씬 쑥쑥 솟은 나무들이
저마다 각선미를 자랑하고
해독 염증을 치료한다는
보드라운 살결로 다가와
손끝을 애무합니다
하늘 높은 줄 모르고 솟아 있는
자작나무 숲은
늘 촉촉이 젖어 있습니다
자고 싶고 눕고 싶고
사랑하고 싶어집니다
자작나무 숲에 오면
세상 밖에서 묻혀 온
잡념과 오물과 상처들이
각질처럼 떨어져 나가면서
마침내 뻥 뚫린
파란 하늘과 만나고

저 푸른 코발트색과 은회색 몸짓들이
온몸에 흐르는 노폐물들을 씻어 주면
나는 자작나무 숲을 나는 박새가 됩니다
나무와 나무 사이 날갯짓하며
숲속의 향기로움을
세상 밖으로 밀어냅니다
보다 많은 사람이 힐링하도록
쉬지 않고 밀어냅니다

(2016. 07. 24.)

새벽 바다
- 속초항에서

동해에 해가 솟는 걸 안았다
온 바다를 일으켜 세우는
거대한 해의 용틀임
나약한 인간에게 주는
희망의 선물이다
밤을 꼬박 새운 고깃배들이
만선의 기쁨을 안고
귀항하고 있다
바다에서 밤새워 파도가 만든
음악을 들으면
솔숲에서 더욱 향기롭다
모래톱 속에 스며든
파도가 말한다
쉴 새 없이 쏟아지는 바다의 함성
우리가 기쁨을 쏟아내는 순간
바다는 또 한 번
자애로운 어머니가 된다

(2017. 07. 23.)

3부

다시 봄이 오면

꽃씨

겨우내 숨겨둔
각양각색의 언어들이
봄꽃으로 솟아 나온다
작년에 보아둔
낯익은 얼굴도 있다
그런데 왜 새로울까
그 작은 몸속에
수많은 언어들을
어떻게 숨겼을까
아니 색깔도 음표도
심지어 사랑까지
오늘은 꿈속의 세계를 그리고
어디쯤에서 보고 계실까
햇살을 싣고 온 작은 바람
꽃잎에 누워 있다
바르르 떠는 꽃잎 사이
음악이 흐른다

동백꽃

동백나무 동백꽃 봉오리 위에
첫눈이 그림처럼 내립니다
겹겹이 두른 꽃잎 위로
포근히 내려 앉습니다
언제 터질까
저 붉은 입술
사랑은 기다림이라 했고
사랑은 설레임이라 했던가

사랑으로 아픔을 치유합니다
사랑으로 키운 겨울 동백꽃
꽃잎 위로
사랑을 가득 실은 첫눈이 내립니다
꽃봉오리가 기지개를 켭니다
저만치 봄기운이 달려 옵니다
동백나무 동백꽃 동백 꽃잎 위에
봄은 그렇게 한동안 머물러 있습니다

(2017. 03. 23.)

훈장

웃을 때마다
찡그릴 때마다
이마에 주름 두 줄 생긴다고
친구를 놀렸다
젊어서부터 노인 흉내 낸다고
지울 수도 없고
버릴 수도 없는
이마의 주름 두 줄
그럴 때마다 친구가 말한다
세월이 준 훈장이여

오늘 아침 머리를 감고
거울 앞에서 빗질하다가
주름 두 줄을 보았다
두 손으로 당기면서
자세히 보았다
웃지도 찡그린 것도 아닌데
그들이 내게 왔다
소리 없이 왔다
친구의 말대로

세월의 훈장이다
참 아름다운 흔적이다

그래도 나는
세월이 준 훈장을 사랑한다

(2017. 03. 02.)

그리움

허공을 가르는 그 곳에
당신의 웃는 얼굴
잠도 없으신가 봐
어둠 속에서 선명하게 그려진다

세상에 나와 처음으로
그리움이 무엇인지
가르쳐 주었지요
사랑이 무엇인지도

오늘은 외로움과 쓸쓸함이
가을비가 되어 내린다
나무와 풀꽃과 풀벌레와 친구하고
살아가는 방법을 가르쳐 주고
오늘은 그 호숫가에서
흘리고 간 눈물의 의미를 그려본다

까아만 하늘에서 반짝이는 별
혼자 살고 있는 것을 아는지

오늘따라 가까이 와서
나에게 빛을 보낸다

(2016. 09. 15.)

구절초

당신의 사랑이 거기 있었다
순백의 모습으로
산기슭 언덕 위 솔밭 가에
언제나 그 모습
흔들리면서 뿜어내는
가을 향기
세속에 물들지 않고
순수함을 잃지 않는
진솔한 마음

기다림으로 피는 꽃이다
봄부터 가을까지
참고 견뎌야 빛이 나는
네 결 고운 사랑의 빛깔

바람이 분다
사랑의 세레나데
가을바람 속에서 더 아프다

가을 햇살 속에서 더 곱다

세상에서 가장 사랑스럽다

(2016. 10. 21.)

첫눈

여보, 첫눈이 와요
징거운 목소리다

언제나 반가운 손님 같은
석호리의 첫눈
하늘에서 그리는 그림이다
그림속에는 아주 오래전부터
깊은 사랑에 빠진
나무와 호수가 있다

첫눈에 반했나 보다
아내는 기다리고 있었다
새로운 봄을
눈이 녹고 얼음이 녹고
마른나무에 다시 새잎이 트는
그런 따뜻한 봄을
지금은 어디서
어떤 모습으로
어떻게 기다리고 있을까

(2016. 12. 04.)

사랑비

울지 마, 여보
사진 속의 아내가 말한다
꺼억꺼억 사내의 울음소리가
지난 시간 속에 머물러 있다
아내가 없는 방
시베리아 같은
냉한의 바람이 가득하다

첫 만남에 이루어진
동행의 약속
사십삼 년의 세월 속에서
그리움의 꽃을 심어 놓고
하늘로 날아간 새
오늘은 사랑비로 내린다

(2017. 09. 22.)

눈물

나는
당신의 눈동자 속에서 산다

나는
당신의 볼 위에서 산다

나는
당신의 입술 위에서 산다

나는
당신의 가슴속에서 산다

(2016. 10. 10.)

그날 저녁

아내가 좋아하는 동치미 국물을 넣고
국수를 말았습니다

답답한 가슴이 풀리는 듯
젓가락질 몇 번 반복하더니
서녘 하늘에 붉게 물들이는
태양을 바라봅니다
그날따라 유난히 곱던 하늘
물 들은 호수를 보노라면
아련한 추억들이 쏟아지고
애틋함을 수놓은 채 사라집니다
한세상 살아 온 모습들이
호수 위에 한 폭의 그림으로 살아나고
때로는 붓꽃처럼 민들레처럼
싱겁게 피었다 지는 꽃잎처럼
쓸쓸한 저녁 시간을 맞았습니다
바람이 지나갔습니다
동치미 국물 속에
추억의 시간들이 있었습니다

(2016. 11. 04.)

사랑은

사랑은 상처다
따사로운 햇살로 다가와
어름다운 꽃잎처럼 아무는

사랑은 아름다운 이별이다
아름다운 눈물로 변하는

사랑은 한 폭의 그림이다
그리운 추억을 만들어 주는

사랑은 꿈이다
잠시 왔다 연기처럼 사라지는

사랑은 설레임이다
가슴 두근거림이 있는

사랑은 그런 유치함이다
아이들처럼 마냥 좋아하는

그러나 사랑은 나이가 없다

(2016. 10. 11.)

1월

1월의 하늘은 강물 같다
별들이 하나씩 시간을 세고 있다
오늘은 호수에 쏟아지는 별들이
달빛과 사랑에 빠졌다
그들의 맥박은 지금 얼마쯤 될까

마른 나뭇가지에
바람이 자고 있다
산새들의 숨소리가
달빛을 타고 내린다
호수에 숨은 푸른 별빛들이
슬프도록 아름답다

1월의 그 어느 날
그대의 눈빛이 빛난다
시리도록 아름다운 눈
볼수록 사랑스러운 눈
나는 해마다 1월에 시작한다
사랑스럽게 바라보기

그대가 준 시심을 지키겠다
이 세상에 쏟아 넣겠다
더 아름다운 별빛 달빛을 위하여
내 영원한 사랑을 위하여
시리도록 푸른 하늘을 위하여

나루터

강물을 건너면서 사는 법을 배웠다
수 많은 아픔과 슬픔도
이 작은 나룻배에 실어날랐지
어느 날은 햇살을 싣고
오늘 같은 날은 노을을 싣고
호수 한 가운데를 건너갔지

석호리 반도의 맨 끝자락
산과 호수를 껴안고 있는 나루터
메기, 장어 매운탕 구수한
나룻터 매운탕 집
막걸리 한 잔 속에
호수가 가득 들어 있다

떠난 사람들의 그리움이
호수 속에서 물결로 온다
아직도 남아 있는 목선 한 척
초승달과 만월을 찾아
민물장어 그물을 올리는 유일한 어부

간밤 비가 내린 뒤라고
낡은 그물 속에 장어가 꼬리 친다

석호리 8

아내의 건강을 회복하기 위해
호수가 보이는 잔디밭
공기 좋고 햇살 좋은
대청호 변 석호리로 왔다
당신 마음 곱게 수놓으면서
행복하고 건강한 시간을 벌러 왔다
제주식 대문 옆에
민들레 포자가 집을 지킨다
잔디밭 화단 꽃잔디 무리가
당신을 환영한다
마당 끝 호수에선 잉어 춤이 기다리고
골바람 타고 온 솔잎 향기가
폐부 깊숙이 들어와 청소를 하고 간다
작은 텃밭엔 상추 가지 부추 오이 고추가
싱싱한 팔뚝과 힘줄을 자랑한다
들쑥날쑥 생존경쟁에 즐거운 비명이다

여기서 슬픔은 바람에 날려 보내자
힘들고 어려움은 땅속에 묻어 버리자
당신은 약 잘 먹고

좋은 생각 좋은 일 좋은 꿈만 꾸면 된다
눈을 뜨면 새로 핀 들꽃들과 풀잎들
닥새 까치와 반려견 마리, 세리랑 친구하고
저 수줍은 꽃들하고 함께 놀자
지금 막 시작한 당신의 기지개가
당신 속에서 크고 있는 괴물단지를
표적 수사하여 내쫓도록 하자

당신은 할 수 있어
주변 모두가 당신 편이니까

(2016. 01. 15.)

석호리 9
- 다시 봄

당신이 좋아하는 진달래꽃이
집 뒤 작은 언덕에
흐드러지게 피기 시작합니다
지난 봄 당신이 꽃잎을 따서
채반 위에 말리던 모습이
그림처럼 다가옵니다

당신의 봄은 그렇게 아름다웠고
설레임이었습니다
어둡고 긴 겨울 산을 넘어온
봄의 전령사처럼
당신을 에워싼 어둠의 그림자를
데려가 주옵소서 하고 기도했습니다

당신은 늘 어둠의 그림자 속에서도
초연했지요
지금쯤은 어느 별 하나가 되어
내려다보고 계실 당신의 모습
나도 언젠가는 갈 수 있겠지요

그리하여 나도 언젠가는 당신처럼
그 멋진 여행길을 떠날 것입니다

(2016. 03. 20.)

편지
- 그 때는

그때는 흐린 연필에 침을 발라
꾹꾹 눌러 편지를 썼지
네모진 공책 한 장 찢어서
앞면을 다 채우고
뒷면에도 썼어

냇가에서 물고기를 잡던 얘기
학교 올 때, 집에 갈 때
책가방을 들어주고
토요일 오후엔 숙제를 같이 하고
초록빛 바람을 가슴에 넣었지

공책 속에도 네 생각이 가득했고
냇가 물고기떼 속에도 네가 있었지
지금 내 머릿속에 떠오르는 그 이름
서쪽 하늘 황금빛 노을을 잡고
세월이란 물결 속에 편지를 쓰네

분꽃

어쩌면 저렇게 얇은 꽃잎 속에
보드라운 숨결을 숨겨 놓았는지
어쩌면 저 붉은 하얀 꽃잎 속에
고운 마음을 색칠했는지
어느새 꽃잎 지고 검은 꽃씨로
그 모든 걸 감싸고 겨울을 나는 것도
어찌 그리 꼭 닮았는지
오늘은 예쁜 사랑을 꼭꼭 싸매 놓은
까만 꽃씨를 받으며
다시 맞는 그 따스한 봄날
함께 연초록 꽃물로 다시 출발하자고
굳게 굳게 약속을 합니다

(2016. 05. 17.)

비 오는 날

텅 빈 집에서
빗소리를 듣는다
밤새 추녀 끝에 떨어지는
낙숫물 소리
누구의 잠을 깨우려 할까

풀잎도 젖고
꽃들도 젖고
마음도 마냥 젖는다

(2018. 08. 30)

4부

모시올 사랑

내소사
- 바람에 묻다

처마 밑 풍경소리에
당신의 목소리가
촉촉이 젖어 온다
대웅전 앞 빛바랜 연화 무늬
법당문 문살 사이 햇살 속
그림처럼 번지는 당신의 미소
목백일홍 꽃잎 사이
아직도 머물고 있는
당신의 숨결
사랑하는 사람아
그곳은 이제 춥지 않니?
제주 공양 올리는
스님의 목탁 소리에
부처님 따라가신
당신의 영혼이
그리움으로 남는다

나무관세음보살-

(2016. 10. 24.)

모시올 사랑

달빛 속에
베 짜는 소리가 들린다
철컥철컥
한 시대를 살던 아픔과 설움들이
모시올 속에 녹아들고
함께 밤을 새우는 소쩍새가
소쩍소쩍 그리움을 새긴다
그렇게 익어 가는 한 여름밤
손바닥 사이 허연 허벅지와
불그스레한 무릎을 타고 내린
한 올 한 올이
앞니와 입술 사이에서
온몸을 적시는 사랑을 하고
또 한 번 고개를 저으며
앞니와 입술 사이를 빠져나간
모시올들이
수십 번 몸을 비틀고
세상 밖으로 나오면
찔레꽃을 닮은 하얀 미소가
반겨주고 있었다

(2017. 06. 01.)

코스모스
- 부여 고수부지에서

천 년 전 백제 사람들을 만났다
그들은 모두 코스모스가 되어
백제의 옛 고도
부여를 비춰주고 있었다
백제 사람들이 꽃이 되어
춤을 추나 보다
노래를 부르나 보다

붉은 분홍 푸른
그리고 하얗게 피를 흘리며 죽어 간
계백의 오천 병사들이
다시 꽃으로 일어서고 있었디
꽃잎이 흔들릴 때마다
계백의 오천 군대 함성이 들린다

그 꽃들의 전설 속으로 들어갔다
순박한 백제인들의 말소리
꽃잎에 쏟아지는
햇살같이
바람같이

그리고 이슬같이
다시 살아난 백제인들의 혼
모두 일어나자 다시 세우자
백제 사람들의 영혼이 아름다운 몸짓으로
구드레를 수놓고 있었다

(2016. 10. 22.)

시와 함께

친구가 보내 준 책 봉투에
시 한 줄 메모했다
밤새 뒤척이며
썼다 지우고 쓰기를 반복한다

창밖 동이 터 오는 순간
먼바다에서 건져 올리는
은빛 고기, 월척이다
만선의 기쁨 같은 것
산의 정상을 오를 때
등골을 타고 내리는
땀방울 같은 것
바람 한 점 없는 날
이글거리는 태양 아래
나무 그늘에서 쉬고 있을 때
스치는 한 줄기 바람 같은 것
낚시꾼의 바늘 끝에서 전해 오는
손맛 같은 것

좋은 시 한 편과의 만남은
맛있는 집밥이다

(2018. 09. 05.)

전지

대추나무 가지를 잘랐다
방해가 되는 지점이 여기라고
친구가 가르쳐 주었는데
자르는 곳마다 아프다
살아가면서 나도 모르게
이것저것 한 아름씩 버리고 간다
그래도 아깝고 아프다

전지 할 때는
가지가 모여 있을수록 잘라야 한다.
바람도 안 통하고 햇살도 못 오기에
겹쳐진 가지들을 과감히 버린다
멋대로 크고 자랐기 대문이다

참 많은 꿈을 꾸고 살았다
동서남북 갈 수 있는 곳이면
가고 싶고 높이 오르고 싶었다
어둠과 밝음, 높음과 낮음
모두 구경하고 싶었다
그러나 어느 날부터

내 의지로 뻗은 가지들이
말없이 잘려 나가는 것을 보았다
그들은 하나 같이 못 쓰는 가지라 한다
세상 다를 바 없는가 보다

(2015. 05. 10.)

시인의 바다

태종대에서 겨울 바다를 만났다
일본 열도에서부터 밀려온 파도가
자살바위에 와서 온몸으로 운다
누구의 설움을 대신하는 걸까
수없이 반복하는 바다 울음소리
시인의 가슴은 어느새
겨울 바다에 젖었다
벼랑 끝 나뭇가지에
바람이 부딪힐 때마다
바다가 몸살을 한다
이제 막 스물을 넘긴 젊은이들이
가슴에 겨울 바다를 안는다
오늘은 파도가 현이 되어 운다
깊은 속울음으로
시인은 겨울 바다가 그리웠다

아니 겨울 바다에 와서 울고 싶었다
바다는 여전히 침묵의 그림을 그리고
동백나무 숲을 빠져나온 바람이
자살바위에 부딪혀 코러스가 된다

시인의 바다에는
시가 배처럼 띄워 있었다

(2014. 10.)

속초에서

속초에 가면
바다가 도시를 안아주는 것이 보인다
밤새 그물 질 한 어선들이
만선의 기쁨으로 돌아오는 아침
동해에 솟아오르는 태양이
사람들을 깨운다
해변에 쏟아지는 무수한 별들의 속삭임
젊은이들이 축포로 화답하면
파도가 씻어 주는 모래알들이
발밑에서 사운대고
기억의 발자국들이
해변을 수 놓는다
밤새 이루어 놓은 역사들은
속초를 아름답게 기억할까
멀리 설악에서 번져 오는 운무들이
속초의 하늘을 맑게 포장하고
바람과 별빛 달빛이 어우러진 바닷가
바다와 해송의 아름다운 동거
만선의 기쁨을 안고
깃발을 펄럭이며 미끄러져 오는

안강망 어선의 귀환
속초항이 술렁인다

(2016. 08. 01.)

할머니 국밥집

- 해운대에서

버스정류장 종점에 가면

40년 전통의 할머니 국밥집에

파도 소리가 가득하다

드나드는 사람들이

발끝에 파도 소리를

묻혀 온다

입소문을 타고

파도가 문지방을 넘는다

벽면 빼곡히

오고 간 사람들의 목소리가

도배를 하고

상큼한 깍두기와 무생채 속에도

파도 소리 가득하다

오고 가는 서민들 주머니 사정 알고

30년째 싼값에 봉사하는 국밥집 사장

한 그릇이 두 그릇 되고

두 그릇이 만 그릇 되어

해운대 명소가 되었어라

문 앞에 수없이 들리는 파도 소리

(2014. 10. 05.)

노을을 보며

유년 시절
오늘 같은 날은
아름다운 시 하나
낳을 것 같다
노을을 보고 그린
그대 닮은 시

지금 익어 가는
황금빛 노을 속에
그대 얼굴이 보인다
함께 산에 오르면서
토끼풀로 반지도 해 주고
제비꽃 닮은 그림도 그렸지

어쩌면 그리움 저 쪽으로
흔적 없이 사라질
황금빛 노을을 보면서
그대 닮은 시 한 편
노래하고 싶다

(2015. 09. 15. - 석호리 연가)

황금 회화나무*
- 구재기 시인에게

대청호 주변 작은 집 앞에
사십 년 친구의 우정이 서 있다
서천의 집에서 가지고 와
심어준 황금빛 우정
행운을 가져온다고
잡귀를 물리친다고 심었다
호수를 타고 온 바람에
몸을 부빈다
내가 우울한 날이면
노오란 잎을 살랑이고
슬픈 얼굴을 하고 있으면
숨겨둔 황금빛 가지를 내민다
그렇게 상처를 치료해 주고
친구가 되어 준다
자주 못 오니
나를 대신하여 친구하라 심어준
황금 회화나무 두 그루
오늘도 대문 밖에서

두 손을 하늘 높이 쳐들고
소중한 시간을 지키고 있다

(2015. 04. 10.)

* 대청호 작은 집을 꾸미고 있을 때였다. 부귀를 가져오고 잡귀를 물리
  친다는 상서로운 나무 두 그루를 오랜 친구인 서천에 사는 구재기 시
  인이 심어 주었다.

시인

우물을 팠다
지하 백오십 미터에서 물이 솟는다
불소, 비소, 셀레늄, 수은 등
먹는 물 적합성 여부가 궁금했다

가끔 시를 샘물처럼 퍼 올리고 싶다
그 속에 무슨 독이 있을지
가용성이 있을지
수질 검사를 의뢰해 보고
정신없이 펌프질해 보고 싶다

지하수 퍼 올리는 소리 들린다
깊은 심연의 바닷물처럼
시는 어느 지점에서 올라올까
어느 봄날 고로쇠나무
물오르는 소리처럼 들려올까
시인은 오늘도 우물을 판다

(2017. 05. 06.)

빗소리

새로 씌운 양철지붕 덕에
비 오는 날마다
음악 소리를 듣는다
처음 빗방울이 떨어질 때부터
빗방울이 점점 커지는 소리
빗방울이 조금씩 빨라지는 소리
빗방울이 천천히 규칙적으로 떨어지는 소리

음악을 듣고 싶은 날은
양철 지붕 위에 비를 내리게 하라
빠른 음악 느린 음악
제각기 특징 있는 리듬으로
지붕을 두드리면
나는 덩달아 빗소리가 되어
방안에서 음악을 듣는다

(2016. 06. 03.)

손 편지

참 오랜만이다
손 편지를 쓰는 게
눈이 겨울 호수에 합방하는 동안
호수는 넋을 잃는다
바람이 호수 속에 잠든 시각
햇살도 호수 속에 잠든다
사람들도 이걸 보고
그렇게 알까
갑자기 그가 했던 말이 들린다
나도 저 눈처럼
당신이란 바다에 안기고 싶다
갑자기 붉어지는 눈시울
노을이 물들고 있다

(2016. 05. 10.)

118

사랑합니다 1

언제나 따사한 햇살을 건네주심을
이른 아침 힘차게 나아 갈 수 있는
용기와 힘을 주신 것에 대하여

두 눈을 감고 두 귀를 막고도
보고 듣고 말할 수 있는
그리고 알 수 없는 순간부터
사랑과 그리움이 시작된 그날을
그리움이 눈이 되고
슬픔이 비가 되는
슬픔과 미움의 손을 잡고 나아갈 수 있는
그런 순간들을 사랑합니다
이렇게 나이 들어감에도
아름다운 시 한 줄 쓸 수 있음도
무척 사랑합니다

각기 모두의 자리에서 건강하게
살아갈 수 있음도

봄 오는 소리

모두가 잠든 사이
새싹 움트는 소리 들립니다
생명의 소리입니다
모두에게 희망의 소리
겨울의 끝이 보입니다
어둠이 갇히는 소리
새벽이 오는 소리입니다
칠흑 같은 밤에도
다가오는 여명의 빛
모두에게 희망의 빛

봄은 그렇게 오고 있습니다

(2016. 04. 01.)

꽃잎 지다

네가 가는 날
눈물이 났다
네 향기와 색깔이 절정에 이를 때
그 기쁨을 누리는 것도
예쁘다고 말하는 것도
잠시 기억 속에 묻겠다

가장 소중했던 순간들
내 생의 시작과 끝이
아름다웠고 슬펐던 날
외롭고 아팠던 날
우린 늘 함께 하자고 했지

오늘 꽃잎이 지는 것은
다시 시작을 위한 낙하인 것
떨어지는 겸허함 속에
자신을 둘러보리니
가는 세월을 두려워 하지 말라
꽃잎이 지는 아름다움을 배울지니

종소리

첫 시간을 알리는 종소리다
들판을 가로질러 들려온다
늦었다고 뛰어가는 아이들
바람처럼 교실로 흡입된다

갑자기 하늘처럼 텅 빈 운동장
어느 날 학교 종소리가
세월의 강을 건넜다
질곡의 순간마다
종소리는 우리들을 뛰게 한다

시골 학교 작은 마을에서
섬마을에서
도시에서
종소리는 아이들의 꿈과 희망이었다

(2016. 08. 10.)

매화꽃이 피면

숱한 어둠의 시간을
용케도 견뎌 왔어

어느새 마른 나뭇가지 위
봄빛이 내려앉고
매화꽃 몽우리에 앉은 바람
가슴 설레게 해

수 많은 꽃 중
가장 먼저 봄을 알리는 심부름꾼
겨우내 눈 속에 묻혀
새봄을 그리는 고운 눈빛

오늘은 그 꽃 몽우리에
향기를 보내 줄까
너무 아름다워 흘린 눈물 위로
흥건히 젖고 있는 그 봄빛

(2019. 02. 14.)

고마워 형제

- 나태주

형과 아우

왜 그런가

마음이 아플 때

그 아픔 알아주고

배고플 때 그때

채워주는 거

형제 아닌가

나 비록 그대

마음 아플 때

알아주지 못하고

그대 배고플 때

배고픈 거

채워주지 못했지만

오늘 나의 아픈 마음

알아주니 고마워

고마워도 민망하게

많이 고마워

앞으로 우리 오래오래

형과 아우

형제 함세
서로가 심복이 되세

- 김명수 시인에게 나태주

(2019. 02. 13.)

* 2019. 02. 13. 몹시 마음이 아팠던 날이었다. 어떻게 그걸 아시고 핸드
폰에 문자로 이렇게 시 한 편 보내 주셨다. 나보고 '심복'이라 하신다.

감사해요
- 나태주 시인께

감사합니다
형님하지요
저도 부모님 형님 한 분
일찍 여의고
늘 쓸쓸했고
외로웠습니다
그 자리 아내가 채워주고
보듬어주었는데
그마저 갔습니다

그래요
형님, 할랍니다
늘 힘이 되어 주셨고
자랑스러웠습니다
피를 나누진 않았지만
벌써 오십 년 세월입니다
강산이 다섯 번이나 바뀌었을 시간
고마운 정 주셨습니다
아플 때 힘들 때 슬플 때
그리고 기쁠 때도

그래서 더 고맙습니다
늘 사랑합니다
존경합니다
건강하시고
좋은 글 많이 쓰세요
감사합니다

- 김명수 드림

(2019. 02. 13.)

제비꽃

보랏빛 장수꽃
앉은뱅이 병아리꽃
꿀주머니 오랑캐꽃
쌍떡잎 받쳐 주는 씨름꽃

언제나 수줍음
늘 겸손함
소박한 행복을 꿈꾸는
사랑스런 꽃
제비가 돌아오는 삼진날
그날은 왼종일 제비꽃 이름
이제 가슴에 달아 주겠네

(2021. 04. 04.)

사랑은 그렇게 옵니다

사랑은 호수 위를
미끄럼 타듯
불어오는 바람처럼 오십니다
사랑은 산등성이를 어물쩡 넘는
그런 구름처럼 옵니다
사랑은 이른 봄 나무 사지 위에
물오르는 꽃몽오리처럼 옵니다
사랑은 이른 새벽 수평선을 오르는 햇살처럼
그렇게 오십니다
사랑은 국화꽃이 피던 날 아침
남몰래 스며들던 향기처럼 오십니다
그럼 이제 산길 들길을 걸어 보실까요
그 곁에 가득히
물결처럼 다가옵니다
때로는 파도처럼 걷잡을 수 없습니다
모두가 사랑입니다

- 사랑을 찾는 모든 사람들에게
- 2월 14일

(2020. 01. 04.)

밤

호숫가의 밤은 사람을 유혹한다
그냥 첨벙첨벙 어둠 속에 걷고 싶고
어둠 속에선 누가 기다리는지
터벅터벅 호수 속으로 들어가고 싶다

어느 날은 나도 모르게
그 어둠 속으로 걸었다
저만치 달빛이 어둠에 빠져 있었다
나는 호수 속으로 들어 가
그 달빛을 만지고 싶었다
달빛은 어둠이 아닌
호수 속에 흠뻑 젖어 있었다

얼마가 지났을까
어둠이 물러가고
달빛마저 사라질 즈음 눈을 떴다
호수가 끝나는 앞산 위에
떠오르는 태양이 호수에 빠지고 있었다
달빛 대신 물에 흠뻑 젖은 태양은

달빛보다 더 강렬하게
호수를 건너 오고 있었다

(2019. 03. 17.)

눈물

공원묘지에 왔다
그냥 눈물이 난다
보고 싶은 것도 있지만
그냥 슬픈 것이다
아파 힘들어할 때
짜증났던 기억이 올라와서
아이 키우느라 힘들어할 때
바쁘다고 핑계 댄 것
결혼하기 전
방 한칸 만들어 놓지 못한 것 때문에
그 모든 것들이 미안해서
그냥 눈물이 난다

풀꽃이 바람에 흔들리면서
눈물을 씻어 준다

(2019. 03. 16.)

무제

내가 설 수 있는 곳은
내가 사는 곳
내가 누울 수 있는 곳도
내가 사는 곳
내가 주저앉는 곳도
역시 내가 사는 곳이라

나는 초대 받은 일도
사랑받는 일도 기억이 없다
나를 좋아하는 애들을 만나면
늘 웃는다
나와 같은 처지라 그럴까
요리조리 살펴보고
내 가녀린 모습 탓일까
오늘 밤엔 별들이 모두
내 앞에만 모인다

(2016. 06. 12.)

바람에 묻다

김명수 시집

자아노출에서 만난
충돌衝突의 시학詩學

- 김명수 여덟 번째 시집 『바람에 묻다』의 시 세계

구재기 (시인·한국문인협회 부이사장)

자아노출에서 만난
충돌衝突의 시학詩學

- 김명수 여덟 번째 시집 『바람에 묻다』의 시 세계

구재기(시인·한국문인협회 부이사장)

- 위대한 시에는 이러저러한 것 - 깊은 생각, 훌륭한 소리, 또는 생생한 이미져리(imagery)-이 [꼭] 있어야 한다는 일반론은 한 낱 무지몽매한 독단에 불과하다. 시는 생각이 없을 경우는 물론이고 의미가 없을 경우에도 거의 성립할 수 있고, 혹은 감각적(또는 형식적) 구조 없이도 [거의] 성립할 수 있으며, 그런 경우에도 시가 도달할 수 있는 극점極點까지 도달한다.
  - I.A.리처즈(I.A.Richards, 1893-1979)의 《시詩의 분석分析》중에서

1.

어떤 대상에 대한 시각이 달라지면 사고가 달라지며, 그 대상에 따라 충돌할 잠재성을 가지고 있게 되기 마련이다. 어떤 사물이든지 그 대상에 관여하지 않고 조용히 지켜보고 있으면 그 대상 자체로 이루어지는 존재 속에 항상 존재하거나 존재하지 않

거나와 관계없이 무엇인가 존재하고 있다는 것을 느끼게 된다. 존재하고 있다고 하더라도 그 대상이 엄연히 존재하지 않는 것이라는 것을 문득 깨닫게 되기도 한다. 한편으로는 전혀 존재하지 않는 것이라 하더라도 바라보는 바에 따라 분명히 존재하고 있다고 인식되어 질 수도 있기 마련이다. 즉 모든 대상에 대한 시각은 무無에서는 반드시 어떤 유有가 존재하는 것이요, 또한 유有에서는 반드시 무無가 존재하고 있다고 말할 수 있다. 이에 따라 어떤 대상에 바라보는 시각에 따라 어떤 가치를 부여하게 되는 것이기도 하다. 그때마다 그 대상의 가치는 더욱 더 고차원적인 가치를 가지게 되는 존재가 될 수 있다. 시인은 바로이러한 대상에 지금까지 부여하지 못해오던 어떤 대상에 대하여새로운 시각으로 바라보아 정립하고, 정립하기 위하여 충돌을감행함은 물론 그에 따라 그 대상에 새로운 가치를 부여해주는역할을 하게 된다. 따라서 시인에게 보이는 모든 대상은 구체적이거나 추상적이거나를 구분하지 아니하고 눈앞에 직접 펼쳐있게 마련이다. 그리고 그 대상은 어떠한 베일에 둘러 싸여져 있다고 하더라도 시인의 눈에 송두리째 드러나는 것은 물론이요, 지금까지 가져보지 못한 새로운 베일속의 존재로서 엄연한 새로운존재의 가치를 가지게 되는 것이다.

순백의 화사함이
새봄을 수 놓는다
꽃잎 속에 숨겨둔
봄날의 설레임
누구의 심장을 뛰게 만드나

춥고 외롭고 아팠던 기억
눈물은 얼마나 옹이롭고 아름다운가
기다림은 얼마나 설레였던가
활짝 핀 꽃잎 속에 숨은 얼굴
그는 사랑하는 사람, 사랑받는 사람

꽃잎 같은 하얀 추억을 기억하는가
사월의 햇살과 만나면
심장이 다시 뛴다
오늘은 그 고운 모습 안겨 주고
순박한 미소

보고 싶다 지금도

- 시 「목련」 전문

이 시작품에서 화자는 하나의 대상으로서 '목련'을 만난다. 아니 정관靜觀하여 목련을 만난다. 즉 '목련'이란 대상에 관여하지 않고 목련의 본연本然을 조용히 지켜본다. 무상無常한 현상계現象界 속에서 엄연히 존재하고 있는 불변不變의 본체적本體的, 이념적理念的인 '목련'이란 대상을 심안心眼에 비추어 바라본다, 그 결과 '목련'이 가지는 '순백의 화사함이/새봄을 수 놓는다'는 현상계의 진면목眞面目에서 '꽃잎 속에 숨겨둔/봄날의 설레임'을 의식하게 되고, 그러한 인식의 결과로 '누구의 심장을 뛰게 만드나'라는 자의식에 대한 의아함을 가지게 된다. 이는 지금까지 화자가 가지고 있던 감각적 기능으로서 느끼고 있는 것이기도 하려니와 이미 인식되어 온 경험의 세계로부터 재확인한 감각의 실체이기도 하다.

　　그러한 가운데 화자는 '목련'으로부터 새로운 감각의 실체를 만나게 된다. 곧 '춥고 외롭고 아팠던 기억'이다. 이 '기억'은 곧 '순백의 화사함이/새봄을 수 놓'음으로써 그것이 '꽃잎 속에 숨겨둔/봄날의 설레임'이라는 경험의 세계에 고착된 경험의 결과와 더불어 충돌함으로써 나타난 새로운 감각의 실체이다. 이러한 감각의 실체로부터 화자는 '눈물은 얼마나 옹이롭고 아름다운가/기다림은 얼마나 설레였던가'에서 보여주는 바와 같이 새로운 고차원적인 가치를 가지게 되는 존재를 정립해놓게 된다. 곧 '눈물'과 '기다림'으로부터 '활짝 핀 꽃잎 속에 숨은 얼굴'과 바로 그 '얼굴'의 존재로부터 '사랑하는 사람, 사랑받는 사람'이라는 대상의 존재 가치를 확고하도록, 지금까지 가져보지 못한 새로운 베일속의 존재라는 그 대상에 엄연한 새로운 존재의 가치를 정립하여 놓는다. 그 대상으로서의 존재는 '목련'의 가치를 뛰어넘어 '꽃잎 같은 하얀 추억'으로 둔갑한다. 그러므로 화자에게는 '목련'이 '목련'으로서의 존재가 아니라 '사월의 햇살과 만나면/심장이 다시' 뛰게 하는 존재임은 물론이려니와 '오늘은 그 고운 모습 안겨 주고/순박한 미소'가 그립도록 하는 재확인한 감각의 실체로서 엄연히 존재하게 되는 것이다. 이러한 존재적 가치는 지금까지 가져보지 못한 감각적 충돌의 결과로 새로운 존재로서의 가치를 가진 대상으로서 '목련'을 인식한 것이다. 화자로 하여금 재확인하게 하는 강렬한 충돌의 의식에서 비롯하여 강화하고자 하는 의도에서 '보고 싶다 지금도'를 1행 1연으로 구성해놓은 것이라 하겠다.

짙은 초록의 숲에서
햇살은 아름답다
나뭇잎과 무성한 가지들
넓은 연잎 위에 뒹구는 물방울까지
왕성한 생명력으로
수많은 열매들이 익어 간다

풀잎들은
꽃잎들은
색깔들이 더욱 짙어지고
나뭇가지의 팔뚝에
불끈 힘을 모은다
모두 아프지 마라
그리고 병들지 마라
잠시 비바람이 몰아쳐도
버텨라 견디고 힘내라
폭염이 시작되는 이 계절이 지나면
탐스런 열매들이 기다리고 있을지니
우리 모두 살아 있음에 감사하자
새날에 대한 약속도
빛나는 오늘에 대해서도
모두 모두 감사하자

- 시「7월의 시」 전문

'자연은 목적 없이는 아무 일도 안 한다'(아리스토텔레스의《정치학》
에서)고 한다. 뿐만 아니라 '진실로 모든 일에 있어서 자연이 좀

거들어 주지 않는다면 인간이 영위하는 기술이나 기교는 조금도 진전을 보지 못하리라'(M. E. 몽테뉴의 《수상록》에서)고 한다. 그렇다면 '짙은 초록의 숲에서/햇살은 아름'다운 것도 '나뭇잎과 무성한 가지들/넓은 연잎 위에 뒹구는 물방울까지/왕성한 생명력으로/수많은 열매들이 익어 간다'는 것은 자연 그 자체로서 무엇인가 목적이 있는 일이요, 인간이 살아 나아갈 수 있도록 하기 위해 무엇인가 거들어주고 있음이 분명하다. 또한 이러한 자연의 모습은 화자로 하여금 자연을 정관靜觀한 결과로서의 자연 그대로인 것이며, 자연이 화자에게 무엇인가를 할 수 있도록 거들어 준 것일 뿐만이 아니라 화자로 하여금 자연이 영위하는 기술이나 기교를 제시하여 주고 있는 것이기도 하다.

따라서 화자는 '풀잎들은/꽃잎들은/색깔들이 더욱 짙어지고/나뭇가지의 팔뚝에/붉끈 힘을 모은다'는 사실을 인식하고는, 그러한 자연으로부터 삶에의 의지를 스스로 정하여 세우게 된다. 즉 '모두 아프지 마라/그리고 병들지 마라/잠시 비바람이 몰아쳐도/버텨라 견디고 힘내라'는 삶에의 자세 확립이다. 삶에의 의식 있는 의지의 표현이기도 하다. 이러한 의식이란 어떠한 삶에 관한 초월성超越性으로 하여금 새로운 의식 구조를 이룩한다는 것이다. 다시 말하면 의식 구조를 마련한다는 것이기도 하다. 이러한 화자의 의식은 화자 자신이 아닌 자연이라는 존재를 바탕으로 하여 거듭 태어났다는 것을 말한다. 그러한 의식은 미래에 대한 확신을 가지게 한다. 즉 '폭염이 시작되는 이 계절이 지나면/탐스런 열매들이 기다리고 있'다는 것이다. 즉 「7월」이 가지는 현실적 삶의 고통인 '폭염'으로부터 벗어남으로써 새롭게 맞이하게 되는 '탐스런 열매들'이란 미래에 대한 확신의 결과를 얻게 된다.

대저 미래에의 힘은 미래에 대한 확신으로부터 시작한다. 미래에 대한 확신은 현실에서의 일전一轉을 도모하게 한다. 인식의 상태가 아주 달라지거나 바뀐다. 인식의 정도나 사태가 아주 달라지거나 바꿈으로써 모든 것으로부터 벗어나 이루어지는 확신은 '감사하자'는, 이른바 다른 사람에게 화자와 더불어 어떤 행동을 함께 할 것을 요청하기에 이른다. 고통의 시간인 「7월」, 즉 '폭염이 시작되는 이 계절이 지나면' 미래의 시간인 '탐스런 열매들이 기다리고 있을지니/우리 모두 살아 있음에 감사하자'는 것이다. 이것은 화자에게 새롭게 인식되어짐으로써 그에 보답하고자 하는 마음의 발로에서 인식되어진 새로운 삶의 모습이기도 하다. '새날에 대한 약속도/빛나는 오늘에 대해서도/모두 모두 감사하자'는 화자가 「7월」이라는 시간적 배경을 바탕으로 하여 영위하고 있는 삶의 기술이나 기교를 보여준 것이기도 하다. 대자연의 변화로부터 확신하여 얻어 이룩한 진정한 의미의 가치 있는 삶, 즉 감사하는 마음으로 살아가고자 하는 화자의 진정한 삶의 가치를 보여준 것이라 하겠다.

이와 같은 화자의 새로운 삶의 가치 추구에 따른 삶의 의미는 '숲에 가면 보인다/숨었던 꽃씨들이 터지는 소리/철없는 꽃들은 신이 나고/그들만의 숲에/독특한 세상 이야기를 들으며/그들만의 향기에 취한다'(시 「속삭임」 중에서)는 데에서도 알 수 있다. '약속이나 한 듯/오늘은 아침부터 솔밭에서/새들의 소리가 요란하다/막 피어나는 라일락 향기에/나비 한 마리 취해 있다'(시 「별을 보다」 중에서)는 새로운 인식으로부터 활기찬 삶이란 과연 무엇인가하는 데에서 가치 있는 삶의 기쁨을 얻을 수 있다는 것을 보여주기도 한다. 그러므로 화자는 '그래서 밤과 낮을 가리지 않고/모두 열심히 일하고/새로운 성을 쌓아 간다/초록의 신비함이 가득한/

초여름 입구에서/나도 초록에 물'(시「초록 숲에서」중에서)들고 있는 화자 자신을 발견해 낼 수 있게 되는 것이다. 따라서 화자는 현실적인 삶의 공간에서 자연과 더불어 살아감으로써 거대한 암석 巖石이 충격해오는 현실에 충돌하여 스스로 물리치면서 삶의 지혜로움을 발견해내고, 주위에서 포효하듯 밀려오는 거대한 파도의 현실적 포말과 맞설 때마다 전신으로부터 움터 오르는 듯한 어떠한 새로운 힘으로 가치 있는 미래에의 확신을 도모할 수 있는 것이다.

2.

이 세상에 태어나서 엄연한 하나의 대상으로서의 존재가 '시 詩'라는 존재로 새롭게 재탄생되기까지에는 그저 평범하기만 하여 누구에게나 잘 띌 수 있는 평범한 대상으로서의 존재로 되어 있다. 언제 어디에서나 쉽사리 눈에 잘 띄어 보이는 잡초와 같은 존재조차도(그 하찮고 천한 대상조차도) 시인의 눈에 들어오게 되면 시인의 언어로 표현됨으로써 한 편의 시가 가지는 새로운 생명을 부여받은 지상의 유일한 존재가 된다. 그러면 그 잡초는 흔히 보아왔던 잡초가 아니다. 이제까지 전혀 존재하지 않았던 경이롭고 아름다운 존재로서 엄연한 가치를 가지게 된다. 그 잡초는 길을 걷는 모든 사람들의 시선이 닿은 길 위에서 시인에 의하여 만들어진 존재이기도 하다. 지금까지 보지 못한 회귀한 존재로서의 대상은 이와는 달리 보이지 않는 곳에서 조물주의 보다 섬세한 감정이나 기분에 의하여 창조되어 있다. 이러한 존재물을 발견하면 더욱 신성한 경지에 들어 일순 특별히 허락 받은 것 같은 느낌을 맛보게 되지만, 시인의 언어로 창조된 가치 있는 대상으로부터 받은 느낌과는 전혀 다를 수밖에 없다. 신에 의하여 창조된 대상 위에 또다시 인간인 시인에 의하여 창조되는 것이기 때문이다. 따라서 신은 시인의 시속에서 자라고 있는 수없이 많은 존재를 창조해 주지만, 시인은 신이 창조한 그 대상에 신의 뜻과는 다른 시인에 의하여 또 다른 생명의 입김을 불어 넣게 되는 것이다.

> 장마 통에 용케도 살아났어라
> 가는 줄기에 꽃 등불을 켜고
> 그 작은 미소와
> 앙증스런 잎
> 반갑고 기쁜 모습이 주렁주렁
> 지나는 사람들도 예쁘다 한다
> 새들도 바람도 햇살도
> 지금 내리는 장맛비까지
> 그 한 줄기에 송 송송 맺힌 꽃등
> 볼수록 사랑스런
> 우리나라 풀꽃
> 바람에 날아갈까 봐
> 사랑스런 눈빛으로 지켜본다
> 고운 꽃등
>
> 한 송이 두 송이 나란히 불 밝히고 있는
> 애기 사과나무 같은 붉은 꽃
> 금낭화 몇 송이

한 송이 두 송이 세 송이
세상이란 숲을 아름답게 그리네요
　　　　　　　　　　- 시「금낭화」전문

　신의 뜻대로 창조되어 지상에 존재하게 된 모든 시적 대상은
시인의 말을 잘 알아듣기 때문에 신의 뜻과는 달리 시인의 의도
대로 재탄생된다. 재탄생되어 새로운 의미와 가치를 가지게 된
다. 이 시작품에서「금낭화」는 신이 창조해낸 엄연한 지상의 한
존재이다. 이때의 금낭화는 신이 창조한 금낭화 자체로서의 존
재일 뿐이다. 그러나 시인으로서의 화자는 신이 창조한「금낭
화」자체를 말하지 않는다. '장마 통에 용케도 살아'난 시의 대상
으로서의 존재물일 뿐이다, 그러므로 화자는 시인의 의도에 따
라 시인의 언어로서 이루어지는「금낭화」이다. '가는 줄기에 꽃
등불을 켜고/그 작은 미소와/앙증스런 잎/반갑고 기쁜 모습이
주렁주렁/지나는 사람들도 예쁘다 한다'는「금낭화」일 뿐이다.
이 '금낭화'는 시인이 바라보아 시인이 존재해준 '금낭화'일 뿐이
지 본래 명명해준 신의 '금낭화'와는 아무런 관계가 없다. 다만
신이 붙여준 '금낭화'에 시인은 또 다른 '금낭화'로 탄생시켜준다.
'가는 줄기에 꽃 등불을 켜고/그 작은 미소와/앙증스런 잎을 가
진', 그래서 '반갑고 기쁜 모습이 주렁주렁/지나는 사람들도 예쁘
다 한다'는 시인의 '금낭화'가 되어 있다.
　이렇게 새롭게 탄생시킨 '금낭화'를 바라보면서 시인은 금낭화
의 꽃으로부터 새로운 사실을 발견해낸다. '한 송이 두 송이 나
란히 불 밝히고 있는/애기 사과나무 같은 붉은 꽃'이 바로 그것
이다. '금낭화'와 '애기 사과꽃'과 같이 동일화를 이루고 있음을
발견해낸다. 시에 있어서의 동일화同一化는 두 대상 사이의 유사

성類似性을 전제로 하여 비교함으로써 새로운 의미를 탐색하게 하고, 그에 따라 새로운 의미와 가치를 확대해나간다. 유사성이나 동일화를 도모하기 위해서는 통사적統辭的으로나 의미론적意味論的으로 연결되기도 한다. '금낭화'와 '애기 사과꽃'의 유사類似함에 의하여 새로운 의미를 암시하여준다. 암시적이고 주관적인 분위기는 물론이요 그 의의의 생성에 새로움을 주고 있다. 바로 '금낭화 몇 송이/한 송이 두 송이 세 송이/세상이란 숲을 아름답게 그리'고 있다는 사실에서 '세상이란 숲'으로 확산함으로써 '금낭화'가 가지는 가치와 분위기를 그려놓게 된 것이다.

다음에는 '속초항에서'라는 부제가 붙어있는 「새벽바다」를 살펴보기로 하자.

동해에 해가 솟는 걸 안았다
온 바다를 일으켜 세우는
거대한 해의 용틀임
나약한 인간에게 주는
희망의 선물이다
밤을 꼬박 새운 고깃배들이
만선의 기쁨을 안고
귀항하고 있다
바다에서 밤새워 파도가 만든
음악을 들으면
솔숲에서 더욱 향기롭다
모래톱 속에 스며든
파도가 말한다
쉴 새 없이 쏟아지는 함성과 감탄

우리가 기쁨을 쏟아내는 순간

바다는 또 한 번

자애로운 어머니가 된다

　　　　　　　　　　- 시「새벽바다」전문

　화자는 「새벽바다」에서 '동해에 해가 솟는 걸 안았다'면서 해
맞이를 한다. 그리고 '거대한' '용틀임'의 모습으로 떠오르는 해
를 '나약한 인간에게 주는/희망의 선물'이라고 화자는 규정한다.
화자에게는 '해'는 곧 '선물'이요, 그것도 '나약한 인간에게 주는/
희망의 선물'이라 말한다. 희망은 영원한 기쁨이다. 농부에게는
소유하고 있는 농토가 곧 희망이요, 어부는 가지고 있는 바다가
곧 희망의 기쁨이다. 날이면 날마다 즐거움을 안겨 줄 수 있는
확실한 재산이기도 하다. 그러한 '희망'의 바다에서 온갖 어려움
을 극복하고, 비로소 '밤을 꼬박 새운' 어둠을 물리치고 '고깃배
들이/만선의 기쁨을 안고/귀항하고 있'거니와 이는 희망이 안겨
주는 바다의 위대한 '선물'이다. 기쁨과 환희에 가득한 「새벽바
다」에서 만선滿船의 배와 함께 귀항歸航하는 모습이다. 그러하거
니와 '바다에서 밤새워 파도가 만든/음악을 들으면/솔숲에서 더
욱 향기롭'기만 하다. 만선의 기쁨은 바다에서 밤새워 출렁거리
는 파도 소리가 어엿한 음악소리로 들린다. 파도소리는 바닷가
솔숲에서 만선의 귀항을 기다리는 가족들에게 분명한 음악이기
도 하지만, 솔향기처럼 더욱 향기롭기도 하다. 화자는 바다의 파
도소리와 바닷가의 솔숲에서 번져오는 솔숲의 향기와 더불어「새
벽바다」를 청각聽覺과 시각視覺의 공감각화共感覺化로 하여 그려놓
는다. 결국 '모래톱 속에 스며든/파도가' '희망의 선물'로서 '쉴 새
없이 쏟아지는 함성과 감탄'으로 '우리가 기쁨을 쏟아내는 순간/

바다는 또 한 번/자애로운 어머니가 된다'고 말한다. 그렇다면 이 '자애로운 어머니'는 무엇을 의미하고 있는가.

'바다'는 여성을 상징한다. 그리고 '어머니'는 분명한 여성이다. 무한한 사랑의 표상이요, 자애로움이요, 포용이요, 생명을 보호해주고 있는 생존의 한 방법으로서 절대적인 존재를 상징한다. 따라서 화자는 「새벽바다」를 '나약한 인간에게 주는/희망의 선물'에서 시작하여 '자애로운 어머니'로 중의적重義的인 의미를 가지게 한다. 「새벽바다」는 간밤의 어둠을 물리치고 밝음으로 가는 길로 이끌어가는 영원한 희망이요, '만선의 기쁨을 안고/귀항'하는 '함성과 감탄'으로 음악과 향기의 본향本鄕을 열어주는 영원한 '어머니'가 되고 있는 것이다. 문득 만선의 고깃배가 귀항을 마치고, 또 다시 어둠이 물리친 「새벽바다」가 밝은 아침을 맞아 희망이 넘쳐흐르는 출항의 풍경을 그려준다. 푸른 물감을 풀어놓은 듯한 파도가 이랑이랑 밀려왔다가 스르르 물러나가면서 넘실거린다. 푸른 파도 위에서는 날개를 활짝 편 흰 갈매기가 가벼운 몸짓으로 아침하늘의 흰구름 사이사이를 너울너울 헤치며 날아다닌다. 훤칠하게 개어있는 하늘로부터 햇살을 듬뿍 쏟아부은 윤슬이 번득인다. 그러한 바다 사이로 창창한 공간은 시원스럽게 비워져 있다. 어선들이 출렁이는 몸을 억누르면서 아득한 수평선을 바라보는 어머니의 간절한 소원처럼 묵언黙言으로 그려진다.

인간은 현실에서 무엇인가를 소원하며 살아간다. 현실이 밝으면 밝은 대로, 어두우면 어두운 대로 소원하며 살아간다. 그러나 소원의 궁극적인 거처는 간절히 바라면 바랄수록 아득해진다. 그래서 불확실해지는 것이 소원의 거처이다. 소원이 지극하면 지극해질수록 허망해지는 것이 명백해지는 소원의 거처가 될

수 있다. 그러면서도 소원하는 곳에서는 절망이란 없다. 불확실한 소원이 머문 곳에서 새로운 소원이 눈뜬다. 영원한 빛으로 빛나는 곳일수록 밤을 배경으로 하고, 그 배경을 넘어 빛이 있다는 것이 확실하기 때문이다.

'가끔씩 비와 바람과 눈보라가/훼방을 놓아도/산과 호수는/언제 그랬느냐는 듯/초연한 모습으로/오랫동안 물속에서 껴안고/여유로운 미소를 보내고 있다'(시 「호숫가에서」 중에서)에서 보여주는 '여유로운 미소'는 곧 '가끔씩 비와 바람과 눈보라가/훼방을 놓아도' 소원하게 할 수 있는 영원한 거처이다. '음악을 듣고 싶은 날은/양철 지붕 위에 비를 내리게 하라/빠른 음악 느린 음악/제각기 특징 있는 리듬으로/지붕을 두드리면/나는 덩달아 빗소리가 되어/방안에서 음악을 듣는다'(시 「빗소리」 중에서)에서 '양철 지붕 위에 비를 내리게 하라'는 것은 음악을 듣고자 말하는 것이 아니라 음악을 듣기 위한 소원의 역설적인 한 방법을 말하고 있는 것일 뿐이다. J. W. 괴테가 《친화력親和力》에서처럼 '바라고 있던 것을 구했다고 생각하고 있을 때만큼 소원에서 멀리 떨어져 있는 때도 없다'고 한 말의 의미를 되새겨 볼 필요가 있다.

3.

시는 언제나 일상에 존재하는 자아 속에서부터 시작된다. 자아自我는 사고, 감정, 의지, 체험, 행위 등의 여러 작용을 주관하며 통일하는 역할을 한다. 특히 시에서는 작품에 나타난 사상, 감정 따위의 주체이기도 하다. 자기 자신에 대한 의식이나 관념은 곧 자아가 된다. 자아 속에서 시를 찾지 못하면 이 세상 어느 곳에서도 시를 만날 수 없다. 시는 일상을 이루는 내용이 끝나는 자아의 내부에서, 하루 종일 연속되는 사고의 행렬이 끝난 다음 신비로운 향기와 색깔이 흘러나오는 곳에서, 거대한 폭우 속에서 미처 흘러내리지 못한 물웅덩이에 고여 있듯 머물러 있는 햇살 한 줌 속에서 시는 존재한다. 그리고 존재하는 것에서 전제前提할 수 있는 것을 증명證明할 수 있다면 한 편의 시를 기대할 수 있다. 비현실적인 것에서 현실적인 것을 발견해 내는 동안에 시는 탄생되어진다.

> 우물을 팠다
> 지하 백오십 미터에서 물이 솟는다
> 불소, 비소, 셀레늄, 수은 등
> 먹는 물 적합성 여부가 궁금했다
>
> 가끔 시를 샘물처럼 퍼 올리고 싶다
> 그 속에 무슨 독이 있을지
> 가용성이 있을지
> 수질 검사를 의뢰해 보고
> 그냥 정신없이 펌프질해 보고 싶다
>
> 지하수 퍼 올리는 소리 들린다
> 깊은 심연의 바닷물처럼
> 시는 어느 지점에서 올라올까
> 어느 봄날 물오르는 소리처럼
> 들려올까
> 시인은 오늘도 우물을 판다
>
> — 시 「시인」 전문

우물을 파는 행위는 곧 한 편의 시를 낳기 위한 몸부림이다. 그러나 우물을 판다고 해서 곧바로 그 우물물로 갈증을 해소하는 것이 아니다. 설령 '지하 백오십 미터에서 물이 솟는다'고 하여도 그 물에 '불소, 비소, 셀레늄, 수은 등/먹는 물/적합성 여부가 궁금'하기만 하다. 먹는 물로서 과연 좋은 물인가의 여부를 확인한 다음에 하려는 것이다. 한 편의 시를 생산해낸다고 해서 그 시가 완성된 시의 역할을 다할 것인지의 여부를 확인하는 단계가 곧 우물을 파고 그 우물물을 먹는 물로서 적합한지 여부에 따라 '먹는 물'인가 아닌가를 결정해야 한다. 화자는 '가끔 시를 샘물처럼 퍼 올리고 싶다'고 한다. 한 편의 시를 낳기 위한 본능적인 창작 욕구의 발로다. 그러나 화자는 다만 자아의 창작 욕구를 충족시키기 위한 것만이 아니다. 우물을 파고 그 우물물을 마시기 전에 '그 속에 무슨 독이 있을지/가용성이 있을지/수질 검사를 의뢰해 보고/그냥 정신없이 펌프질해 보고 싶'은 것과 마찬가지로 욕구에 의하여 창작된 시라 하더라도 그 작품 속에 비시적인 갖가지 요소가 함유되어 있는지의 여부를 놓고 고민한다.

시인은 시를 쓴다. 시도 때도 없이 시를 쓴다. 시를 쓰지 않는 시인은 이 세상에 없다. 시를 쓸 시간이 없다면서, 시로 쓸 것이 없다면서 시를 안 쓰는 시인은 이 세상에 없다. 만약에 그런 시인이 있다면 그는 이미 시인이 아니다. 시인은 쓰고자 하는 욕구의 충일에 휩쓸리면서 시를 쓴다. 시에 항상 목마르다. 그래서 시를 쓴다. 그리고 그 시를 함부로 공개하지 않는다, 그 시작품 속에 비시적인 요소가 함유되어 있는지의 여부를 철저하게 가려낸다. 이러한 시인은 목말라 우물을 파고, 그 우물의 고인 물에서 분순물을 걸러내는 작업을 계속한다. 그 우물물인 '그 속에 무슨 독이 있을지/가용성이 있을지/수질 검사를 의뢰해 보고/그냥 정신없이 펌프질해 보'는 것처럼 시를 찾아낸다.

이러한 작업을 시인은 시를 탄생시킬 때마다 되풀이한다. 시인에게는 언제나 '지하수 퍼 올리는 소리'가 들린다. '깊은 심연의 바닷물처럼/시는 어느 지점에서 올라올까/어느 봄날 물오르는 소리처럼/들려올까' 하면서 일상에 존재하는 자아 속에서부터 세상을 향하여 모두 열어젖힌다. 시인은 시인이어서 '시인은 오늘도 우물을 판다'. 그 작업을 계속한다. 시작 「시인」을 통하여 시인은 이 세상의 모든 시인에게 무언無言의 포효咆哮를 하고 있다.

> 호숫가의 밤은 사람을 유혹한다
> 그냥 첨벙첨벙 어둠 속에 걷고 싶고
> 어둠 속에선 누가 기다리는지
> 터벅터벅 호수 속으로 들어가고 싶다
> 어느 날은 나도 모르게
>
> 그 어둠 속으로 걸었다
> 저만치 달빛이 어둠에 빠져 있었다
> 나는 호수 속으로 들어 가
> 그 달빛을 만지고 싶었다
> 달빛은 어둠이 아닌
> 호수 속에 흠뻑 젖어 있었다
>
> 얼마가 지났을까
> 어둠이 물러가고
> 달빛마저 사라질 즈음 눈을 떴다

호수가 끝나는 앞산 위에
떠오르는 태양이 호수에 빠지고 있었다
달빛 대신 물에 흠뻑 젖은 태양은
달빛보다 더 강렬하게
호수를 건너오고 있었다

- 시「밤」전문

   화자외의 동행은 '어둠'이다. 밤의 어둠이다. 호숫가의 밤이다. 그 어둠이다. 화자와 호수와 그 호수의 밤은 완전한 동일화同一化를 이루고 있다. '그냥 첨벙첨벙 어둠 속에 걷고 싶고/어둠 속에선 누가 기다리는지/터벅터벅 호수 속으로 들어가고 싶'은 화자는 '그 어둠 속으로 걸'어가면서 '저만치 달빛이 어둠에 빠져 있'는 것을 보고, '어느 날은 나도 모르게/그 어둠 속으로 걸었다'. 그리고 '나는 호수 속으로 들어 가/그 달빛을 만지고 싶었다'는 화자는 완전한 동행을 이룬 '호수' 속에서 '어둠'과 함께 '달빛은 어둠이 아닌/호수 속에 흠뻑 젖어'있게 된다. 완전한 동행이다. 그러기를 얼마나의 시간이 흘러버렸을까. '어둠이 물러가고/달빛마저 사라질 즈음 눈을 떴다/호수가 끝나는 앞산 위에/떠오르는 태양이 호수에 빠지고 있'는 아침을 맞게 된다. 화자는 '호숫가에서' '밤'을 맞아 일체의 대상과 그것을 마주한 자아와의 사이에 어떠한 구별도 없는 상태에 이른다. 그야말로 물아일체物我一體의 경지에 이른다. 화자와 대상과 일체의 분별심分別心이 사라져 완전한 조화調和를 이룬 진실한 세계에 든다. 그 세계는 어둠이 아니고 밤도 아니며, 비로소 맞이한 새로운 세계이다. 이는 '호수가 끝나는 앞산 위에/떠오르는 태양이 호수에 빠지고 있었'으며, '달빛 대신 물에 흠뻑 젖은 태양은/달빛보다 더 강렬하게/

호수를 건너오고 있'는 것이다.

끝으로 〈바람에 묻다〉라는 부제가 붙은 「내소사」라는 시작
품을 살펴보기로 한다. 〈바람에 묻다〉는 시집으로의 표제시이
기도 하다.

　　　　처마 밑 풍경소리에
　　　　당신의 목소리가
　　　　촉촉이 젖어 온다
　　　　대웅전 앞 빛바랜 연화 무늬
　　　　법당문 문살 사이 햇살 속
　　　　그림처럼 번지는 당신의 미소
　　　　목백일홍 꽃잎 사이
　　　　아직도 머물고 있는
　　　　당신의 숨결
　　　　사랑하는 사람아
　　　　그곳은 이제 춥지 않니?
　　　　제주 공양 올리는
　　　　스님의 목탁 소리에
　　　　부처님 따라가신
　　　　당신의 영혼이
　　　　그리움으로 남는다

　　　　나무관세음보살-
　　　　　　　　　　　- 시 「내소사 - 바람에 묻다」 전문

「내소사」에의 발걸음으로 탄생한 이 시작품은 애당초부터 '당

신의' '목소리·미소·숨결'과, 그리고 마침내 '영혼'과 함께 하고
자 한 '당신'에 대한 '그리움'으로부터 시작된다. '목소리'는 '처마
끝 풍경소리에' '촉촉히 젖어오'고 있다. '미소'는 '대웅전 앞 빛바
랜 연화 무늬/법당문 문살 사이 햇살 속/그림처럼 번' 져오는 것
이며, '숨결'은 '목백일홍 꽃잎 사이/아직도 머물고 있'다. 따라서
「내소사」의 모든 것이 '당신의' '목소리·미소·숨결'과 하나같이 불
가분하다. 「내소사」는 곧 '당신'과 물심일여의 정신적 안정을 찾
고 물아일체의 경지에 이르러 '당신'과 화자 사이의 완전한 합일
의 '그리움으로 남는다'. 이에 따른 그리움의 절정은 역시 '그곳
은 이제 춥지 않니?'라는 물음이다. 물론 대답이 없고, 대답을 기
다릴 수도 없는 물음이기도 하다. 다만 '제주 공양 올리는/스님
의 목탁 소리에/부처님 따라가신/당신의 영혼이/그리움으로/남'
을 뿐이다. 그 그리움은 다시 자비의 마음으로 중생을 구제하고
제도한다는 '나무관세음보살' 앞에서의 간절한 기도를 이룬다.

시인은 모름지기 '햇살을 싣고 온 작은 바람/꽃잎에 누워 있
다/바르르 떠는 꽃잎 사이/음악이 흐'(시「꽃씨」중에서)르고 있는 것
까지 볼 수 있는 혜안을 가진 사람이다. 그럼에도 불구하고 '작
은 외침에도 노여움이 커진다/오늘따라 진료실 앞에 서니/가슴
이 쿵쾅거리고/조마조마해지고/한 없이 왜소해진다'(시「꽃씨」중
에서)는 범인凡人이기도 하다. 그러나 분명한 것은 현실이란 '바
람과 비와 햇살 속에서/성숙된 내 영혼들이/지나는 길손들에게/
어떤 걸 줄 수 있을까/오늘도 나는 목마른 사람들에게/한 줄기
빛으로/다가설 수 있을까/오늘 밤은 별과/사랑을 나눌 수 있을
까'(시「풀꽃이 되어」중에서) 하고 노심초사하는, 그래서 세상과 함께
현실적인 사람이기도 하다. 따라서 '오늘 아침 머리를 감고/거울
앞에서 빗질하다가/주름 두 줄을 보았다/두 손으로 당기면서/자

세히 보았다/웃지도 찡그린 것도 아닌데/그들이 내게 왔다/소리 없이 왔다/친구의 말대로/세월의 훈장이다/참 아름다운 흔적이다'(시 「훈장」 중에서)라고 거울 앞에서 외치면서 살아가는 사람이기도 하다.

4.

시인 김명수는 시를 위하여 완강하게 태어났으며, 시와 함께 하루하루를 살아감에 있어서 끈기 있고 질기며 굳셀 뿐만 아니라 씩씩하고 다부진 모습을 보이고 있다. 그렇게 이 세상의 일부가 되어 살아가고 있으면서도 이 세상에서 '세상에 나와 멋대로 크고 자랐다/모두 필요한 줄만 알았다/연둣빛으로 물드는 세상의 한복판//참 많은 꿈을 꾸고 살았다/동서남북 갈 수 있는 곳이면/모두 가고 싶었다/아주 높이 오르고 싶었다 -(중략)- 그러나 어느 날부터/내 의지로 뻗은 가지들이/말없이 잘려 나가는 것을 보았다/바람도 안 통하고 햇살도 못 오니 당연한 것/겹쳐진 가지들을 과감히 버린다.- (중략)- 어느 날부터/내 의지로 뻗은 가지들이/말없이 잘려 나가는 것을 보았다'(시 「전지」의 일부)고 한다. 그런 그는 문지방을 넘어서 엉거주춤하고 서 있는 시인이 아니다. 자아 노출함에 있어서 잠시도 멈추지 아니하고 셀 수 없을 정도로 아주 많이 만나는 현실적인 대상과 끊임없이 충돌하면서 시와 함께 살아가는 시인이다.

필자는 시인 김명수와 반세기가 넘도록 같은 길을 걸으면서, 하루에도 서너번씩 목소리를 나누면서 살아간다. 너무 가차웁게 바라본 시인 김명수는 오늘도 시를 쓰고 있다. 이 우주의 엄연한 주인으로서 창조되어 이웃으로 존재하고 있다. 분명 인간은 그가 갖고 있는 총화總和가 아니며 그가 아직 갖고 있지 않는 것, 그가 가질 수 있는 것의 전체인 것이라고 J.P.사르트르는 말한다. 때때로 하루에도 수없이 많은 오류 속에서도 두 다리로 당당하게 걸으면서 비틀거리면서도 함께 걷는 날이면 날마다 하루하루 튼튼하고 당당하기만 하다.

바람에 묻다

김명수 시집

바람에 묻다

김명수 시집